D1139284

MILLIE COOPER, 3B

Charlotte Herman

geïllustreerd door Helen Cogancherry

Uitgeverij L. Vanhaecke

C.I.P. Koninklijke Bibliotheek Albert I

Herman, Charlotte

Millie Cooper, 3B/Charlotte Herman; vertaler: Luc Vanhaecke.
Brugge: Luc Vanhaecke, 1993, 68 p.: ill.; 22 cm.
Oorspronkelijke titel: Millie Cooper 3B
Oorspronkelijke uitgever: E.P. Dutton, New York
ISBN 90-73516-08-0
Doelgroep: Jeugd
Nugi: 222

Millie Cooper, 3B - Charlotte Herman; geïllustreerd door
Helen Cogancherry, 68 p.
D/1993/5929/1
Copyright 1985, Charlotte Herman, Helen Cogancherry
Copyright voor het Nederlandse taalgebied:
Uitgeverij L. Vanhaecke, Boeveriestraat 78, B-8000 Brugge.
Nederlandse tekst: Luc Vanhaecke

Opgedragen
aan
mijn vader en moeder
Harry Baran
en Leah
aan wie ik zo'n goede
jeugdherinneringen
bewaar

1

Een dikke nul

Millie Cooper zat aan haar lessenaar. Ze legde de laatste hand aan de hoofding, op het lange smalle blad ruitjespapier waarop ze haar spellingsproef moest schrijven. Ze moest opschieten. De hoofding moest klaar zijn vóór juffrouw Brennam begon te dicteren. Ze schreef:

Millicent Cooper Lawson School
3 B, Lokaal 210   8 november 1946
Spellingsproef

Het was een stomme hoofding! Waarom moest ze *Lawson School* schrijven? Wist juffrouw Brennam dan zelf niet aan welke school ze verbonden was? En waarom moest ze *Spellingsproef* schrijven? Iedereen zag toch in één oogopslag dat het om een spellingsproef ging.

Millie schreef de cijfers van één tot en met vijfentwintig aan het begin van elke lijn. Juffrouw Brennam liep intussen vooraan in de klas te ijsberen.

— Vulpennen vullen, iedereen! Ik kan geen kostbare

tijd verliezen omdat er iemand geen inkt meer heeft middenin de oefening! klonk haar stem.

Millie had haar pen al gevuld met koningsblauwe inkt. Ze kon dus rustig achterover leunen en toekijken hoe de andere leerlingen hun inktpotten bovenhaalden en hun vulpen vulden.

Marleen Kaufman hoefde haar vulpen ook niet te vullen. Zij had zo'n prachtige nieuwe balpen, een *Reynolds Rocket*. Een prachtige uitvinding: je had geen inktpot meer nodig, met zo'n *rocket*, je boeken en je schriften konden ook nooit meer onder de inkt zitten. Gedaan ook met koningsblauwe handen!

— Iedereen klaar voor de vijfentwintig woorden in verband met de boerderij? schreeuwde juffrouw Brennam. Ze stond vooraan in de klas met haar woordenlijstje in de hand.

— En denk erom, alleen inkt gebruiken. Schrijf niets in potlood! Gebruik ook geen vlakgom. Ik wil niemand zien die letters uitvlakt of doorhaalt! Maak vooral ook geen vlekken, anders krijg je een dikke nul! En schrijf toch netjes. Dat telt ook mee!

Millie slikte eens en veegde daarna haar klamme handen af aan haar rok. Die spellingsproef maakte haar altijd zo zenuwachtig. Het was niet omdat ze niet goed was in spelling. Ze kon al de woorden schrijven, die ze deze week ingeoefend hadden.

Verleden jaar, in de tweede klas, was de onderwijzer verwonderd geweest dat ze het woord *formalidehyde* correct kon schrijven in een opstel. Millie had een neef die voor dokter studeerde. Hij gebruikte dat om zijn kleren te ontsmetten, als hij op lijken gewerkt had.

Maar je mocht nog zo goed kunnen spellen, voor je

6

het wist had je een verkeerde letter geschreven, een letter teveel, of was je een letter vergeten. Dan was het te laat! Want van juffrouw Brennam mocht je geen correcties meer aanbrengen op je blad!

Ze zei met luide stem:

— Ik wil niemand zien schrijven voor ik het gedicteerde woord volledig uitgesproken heb, het gebruikt heb in een zin en het nog eens herhaald heb. Iedereen klaar? Daar gaan we: nummer één: *Tractor*. De boer ploegt zijn veld met een *tractor*. *Tractor*.

In één beweging, alsof het woord vanuit de hemel zelf tot hen gesproken werd, bogen ze zich over hun blad om *tractor* te schrijven.

Millie schreef klaar en duidelijk. Ze blies op de letters, zodat de inkt droogde voor hij kon uitlopen.

— Het tweede woord, klonk de stem van juffrouw Brennam, is *Havermout*. Alle kinderen eten *havermout* als ontbijt. *Havermout*.

De klas huiverde bij die gedachte. Maar iedereen pende het woord toch braaf neer. Iedereen, behalve O.C. Goodwin. Die Goodwin was een zwakke leerling. Hij was de herrieschopper van de klas.

— Havermout is geen woord van de boerderij! protesteerde hij.

— Boeren eten ook havermout, stomkop! zei Howard Hall, herrieschopper nummer twee.

Juffrouw Brennam wierp ze allebei zo'n ijskoude blik toe dat ze zwegen.

Op die manier dicteerde juffrouw Brennam alle woorden die op haar lijstje stonden. Millie schreef elk woord klaar en duidelijk op. Het vijftiende woord was *Knoflook*.

O. C. vroeg of het *Knokloof* of *knoflook* was. Maar juffrouw Brennam verklapte het hem lekker niet. En ze had net het twintigste woord gedicteerd toen Howard Hall haar vroeg om nog eens het derde woord te herhalen.

— Ik herhaal niets! riep juffrouw Brennam. Je moet maar leren luisteren!

Het was een pak van Millies hart, toen het dictee ten einde liep.

— Het vijfentwintigste woord, zei juffrouw Brennam, is *Grond*. De boeren hebben veel *grond* nodig om hun gewassen te verbouwen. *Grond*.

Millie was opgelucht. Grond was gemakkelijk. Dat kon ze spellen. Traag en voorzichtig begon ze te schrijven. Maar — ergens tussen de r en de o — viel er een druppeltje inkt op haar blad. Millie dook in haar lessenaar op zoek naar vloeipapier.

Ze vond een vel en drukte dat stevig op de vlek. Ze durfde niet te kijken. En toen ze het vloeipapier optilde, dacht ze dat ze het bestierf. Niet alleen was *Grond* in één grote inktvlek veranderd, maar de vlek had zich ook naar het vierentwintigste woord, *Stal*, verspreid.

— De laatste van iedere rij haalt de spellingsproef op! klonk de stem van juffrouw Brennam.

Millie was wanhopig. Ze kon wel in de grond zinken van schaamte. Ze kon haar blad toch niet indienen met een vlek, zodat ze een nul kreeg! Dat was niet eerlijk: ze kon ieder woord spellen!

Ze nam haar spellingsproef en liep ermee naar juffrouw Brennam, die er van nabij groter en strenger uitzag. Ze had bruin haar, maar er werd gefluisterd dat ze een pruik droeg.

— Juffrouw Brennam, zei Millie schuchter, terwijl ze op de vlek wees, mijn pen...

— De volgende keer moet je maar voorzichtiger zijn! spotte juffrouw Brennam.

— Maar ik ben voorzichtig geweest. Ik kon ieder woord schrijven!

Ze voelde haar lippen trillen. *Schei uit*, dacht Millie bij zichzelf. *Stel je niet aan! Begin niet te huilen. Niet waar juffrouw Brennam bij is!* Maar het was sterker dan haarzelf: haar ogen vulden zich met tranen.

En toen juffrouw Brennam haar spellingsproef aannam, liet Millie haar tranen pas helemaal de vrije loop. Ze draaide zich om en liep naar haar plaats. Ze was kwaad op zichzelf. Wat kon haar die spellingsproef ook schelen! Maar als dat zo was... waarom huilde ze dan?

Verleden jaar, in de tweede klas, had ze heel wat zakdoeken natgemaakt. En toen ze naar de derde klas overging, had ze zich voorgenomen om nooit meer te huilen onder de ogen van de lerares.

Maar ondanks al haar goede voornemens... huilde ze weer!

2

Ben ik bijzonder?

Het favoriete plekje van Millie, waar ze las, schreef of gewoon maar wat nadacht, was de brede vensterbank in de keuken. Vandaar keek ze uit over de binnenplaats en op de achterkant van de aanpalende flatgebouwen. Daar was ze ook dicht bij haar moeder, in die keuken waarin het altijd gezellig was en waarin altijd de geur hing van kaneel en vanille, omdat haar moeder zo veel bakte en kookte.

De maandag na die verschrikkelijke spellingsproef ging Millie bij het raam zitten. Juffrouw Brennam had een opstel opgegeven, met als titel: *Waarom ik bijzonder ben.* Het moest worden ingediend na de vakantie van Thanksgiving Day, de nationale feestdag, over drie weken.

Millie wist niet waarom ze bijzonder was. Maakte het feit dat ze in juni geboren was haar bijzonder? Ze dacht van niet.

— Mam? vroeg Millie. Ben ik bijzonder?

— Natuurlijk! riep mevrouw Cooper uit, terwijl ze stukjes aardappel mengde met vlees dat ze in stukjes had gehakt.

11

— Waarom?

— Je bent een goed, vriendelijk, lief meisje! legde haar moeder uit.

Dat was precies het antwoord dat Millie van haar verwacht had. Maar kon ze schrijven: *Ik ben bijzonder omdat ik een goed, vriendelijk, lief meisje ben, dat in juni geboren is?*

— Nee, mam, dat gaat niet. Ik moet iets beters hebben.

— Er gaat niets boven een goed, vriendelijk en lief meisje, zei haar moeder, de ogen vol tranen, omdat ze uien aan 't pellen was.

Millie was tevreden dat haar moeder vond dat ze goed, vriendelijk en lief was, maar ze kon dat niet schrijven. Iedereen zou haar uitlachen. Ze schreef, in potlood, in haar notitieboekje:

Waarom ik bijzonder ben. Door Millie Cooper.

In de definitieve versie zou ze *Millicent* moeten schrijven, in plaats van *Millie*. Ze moesten hun voornaam altijd voluit schrijven, van juffrouw Brennam. Alleen O.C. mocht daar een uitzondering op maken, omdat zijn initialen geen bijzondere betekenis hadden, hij had in feite geen echte voornaam. Maar in het klad kon Millie haar naam schrijven zoals ze zelf wou.

Na de titel had ze geen inspiratie meer. Ze staarde naar het blanco blad. In de marge tekende ze kleine vierkantjes en kubusjes die ze met schaduwen arceerde. Rond de kubusjes trok ze vijf- en zespuntige sterren.

In de rand krabbelen en tekenen gaf haar soms wat inspiratie, maar vandaag was dat niet het geval...

Wat ze nodig had, vond Millie, was een *Reynolds*

Rocket. Met zo'n pen zou ze het beste opstel van de klas kunnen schrijven, nee, het beste van de hele *Victor Lawson School!*

De geur van gebraden hamburgers vulde de keuken. Millie zag haar moeder gehakt in een balletje rollen en het daarna in de vorm van een pasteitje slaan. Ze sprong op om haar te helpen. Ze bereidde altijd zelf hele kleine pasteitjes. Baby-hamburgertjes noemde ze dat. Ze at ze op zo gauw ze gaar waren.

— Mam, weet je wat ik nodig heb? vroeg Millie, terwijl ze zo'n baby-hamburgertje tussen de handen rolde.

— Wat nu weer? vroeg mevrouw Cooper nors.

— Een nieuwe pen.

— Wat deugt er niet meer aan de oude?

— Hij vlekt. Je weet toch wat er met mijn spellings-proef gebeurd is, verleden vrijdag?

Millie had het haar moeder in geuren en kleuren verteld. Ze had er haar alleen niet bij verteld dat ze daarbij gehuild had, als een klein meisje.

— Ik heb een nieuwe balpen nodig, zei Millie, een *Reynolds Rocket.*

Mevrouw Cooper replikeerde:

— Wacht nog maar even tot ze wat meer geperfec-tioneerd zijn! Ik ben ervan overtuigd dat ze nog niet helemaal op punt gesteld zijn.

— Maar ze zijn al op punt gesteld!

— Ik gooi mijn geld niet graag door deuren en vensters!

Millie wist dat het niet hielp. Haar moeder zou nooit toegeven. Ze moest het haar vader vragen, onder het eten, als ze aan de tafel zaten. Hij was meer voor rede vatbaar.

13

Millie legde de gebakken baby-hamburgertjes op een bord en liep ermee naar de eetkamer. Ze zou die opeten terwijl ze naar de radio luisterde. Ze ging op de grond zitten, tijdens het programma *Jack Armstrong, een typisch Amerikaanse jongen*. Het radio-programma werd gesponsord door *Wheaties, het volledige ontbijt*.

De omroeper beweerde dat iedere jongen of meisje precies zo sterk kon worden als Jack Armstrong, als hij of zij maar hetzelfde trainingsprogramma volgde. Je moest ook iedere dag in de buitenlucht dezelfde lichaamsoefeningen uitvoeren als Jack. Je moest je iedere dag wassen met water en zeep. Daarenboven moest je een diep bord *Wheaties* eten, met melk of room.

Misschien was Jack Armstrong sterk geworden door die lichaamsoefeningen, dacht Millie en niet met *Wheaties*. Ze betwijfelde of zij er baat bij zou hebben, met *Wheaties* alleen.

Haar vader kwam thuis. Hij trok zijn overjas uit en zette zijn hoed af. Hij had de krant onder de arm. Millie en haar moeder begroetten hem. Daarna begaven ze zich naar de keuken.

— Ik begon al ongerust te worden! zei mevrouw Cooper. Haar moeder werd altijd ongerust als haar vader niet om klokslag zes thuis was.

— Ik heb in file gestaan, zei meneer Cooper, terwijl hij Millie de krant aanreikte. Mensenkinderen, wat een weer! Het zou me niets verwonderen als we vannacht sneeuw kregen!

— Paps, meen je dat?

Millie sloeg de krant snel open en keek naar de voorpagina van de *Chicago Daily News*. Sinds begin november verlangde ze vurig naar het woord *sneeuw-*

buien. Tot nu toe was er daarvan nog geen sprake geweest in het weerbericht. En ook nu was ze weer diep teleurgesteld!

Millie besloot te wachten tot na het eten om over de *Rocket* te beginnen. Als haar vader in file had gestaan, duurde het wat langer voor hij ontdooide.

Millie at zelfs haar tomatensoep uit zonder één keer te mopperen, alhoewel ze een hekel had aan tomatensoep. Ze liet zes zoute koekjes vallen in haar soep. Ze zwollen en slorpten de soep op. Het was net alsof de soep uit haar kom verdween door toverij. Ze hoefde de koekjes nu enkel nog maar op te eten. Zo proefde ze die vreselijke tomatensoep niet!

Haar ouders praatten intussen over de meubelfabriek waar haar vader werkte; ze konden de bestellingen niet volgen, hoorde Millie. Daarna stond mevrouw Cooper op om de tafel af te ruimen. Ze bracht de vuile borden naar het aanrecht. Meneer Cooper leunde achterover in zijn stoel en zuchtte tevreden. Dit was het ideale moment!

— Paps, vroeg Millie, mag ik een balpen hebben?

— Waarom? wilde hij weten.

— Je kunt je niet voorstellen wat voor een beproeving het is, om met een vulpen te schrijven. Ik moet een belangrijk opstel schrijven voor Thanksgiving Day en daar heb ik een balpen voor nodig.

— Het schijnt dat die balpennen nog niet zo goed op punt gesteld zijn. Het schijnt dat ze lekken en vlekken!

— Maar iedereen heeft er één!

— Wie is dat dan?

— Marleen Kaufman, lichtte mevrouw Cooper toe, terwijl ze de tafel verder afruimde. Weet je hoeveel die

balpennen kosten? Tenminste vijf dollar! Als je 't mij vraagt: dat zal wel koelen zonder blazen!

— Maar het is een goede investering, zei Millie. Zo'n pen gaat gegarandeerd vijftien jaar mee of is goed voor tweeëndertig mijl. Stel je voor! Met zo'n pen kan ik op een onbewoond eiland aanspoelen zonder dat ik er me zorgen over hoef te maken dat ik geen inktpot heb. Reken eens wat je uitspaart aan inktpotten alleen! In ieder geval: ik heb zelf twee dollar bijeengespaard en de rest van het geld heb ik nog van jullie te goed van dat verjaardagscadeautje dat je me niet gegeven hebt, verleden jaar!

— We zullen zien! zei meneer Cooper. Hij nam de *Daily News* en liep ermee naar de woonkamer.

— Hij schrijft onder water! riep Millie hem nog na. Haar vader hoorde haar niet.

We zullen zien. Dat kon van alles betekenen: *Ja. Nee. Misschien.* Het was niet bepaald het antwoord waar Millie op gehoopt had.

Ze wachtte tot haar vader en moeder geluisterd hadden naar Gabriel Heatter, die het nieuws van acht uur las, voor ze hen goede nacht wenste. Millie hield van het begin van het programma, als Gabriel zei:

— Ach, er is goed nieuws vanavond!

Daarna kon ze niet meer verstaan waar hij het over had.

— Paps? vroeg Millie, na het nieuws. Ben ik bijzonder?

— Natuurlijk! zei haar vader, terwijl hij haar in zijn armen nam.

— Waarom?

— Je bent gewoon bijzonder, dat is alles. Je bent mijn lief klein meisje en dat maakt je zo bijzonder.

17

Erg aardig. Maar *weer* niets om in een opstel te schrijven.

Voor het slapen gaan, keek Millie naar buiten. De wind voerde een strook papier mee, die ze volgde, zo ver het oog reikte.

Ze keek naar het licht van een lantaarnpaal op de hoek van de straat en wenste vurig dat het zou sneeuwen. Eventjes meende ze zelfs een sneeuwvlokje te ontwaren, maar het was maar een stofje.

Hoog in de nachtelijke hemel verscheen er een ster. Millie sloot de ogen om een wens te doen. Het was een uitzonderlijk heldere ster. Ze besloot om drie wensen te doen. Ten eerste wenste dat ze een *Reynolds Rocket* zou krijgen, ten tweede dat het zou gaan sneeuwen en ten derde dat ze er zou achter komen op welke manier ze bijzonder was.

Ze opende de ogen en zag de ster voordurend dichterbij komen, tot hij zich, in het duister van de nacht, weer van haar verwijderde.

— Jakkes! mopperde Millie, terwijl ze de gordijnen dichtschoof, ik heb op een vliegtuig gewenst!

3

Te vroeg

Het was even na negenen, de volgende ochtend. Millie zag scheel van de honger. Ze deed haar lessenaar open op zoek naar iets om te eten. Misschien slingerde er nog een vergeten pimpernoot in rond. Of een *Milk Dud*. Maar ze kon alleen een citroenkleurige *Life Saver* vinden, met glanzende rode suiker bestrooid.

Ze mocht dan wel honger hebben als een paard, ze was niet zo wanhopig dat ze haar leven wilde te danken hebben aan een *Life Saver*.

Het speet haar nu dat ze de *Wheaties*, die haar moeder die ochtend had klaargemaakt, niet had opgegeten. Ze was zo laat wakker geworden dat ze niet eens de tijd had gehad om er ook maar één lepeltje van te proeven!

Millie kon haar gedachten niet bij de Tafels van Vermenigvuldiging houden, zo'n honger had ze. Ze moest de Tafel van Zes vier keer herschrijven, voor hij juist op haar blad stond.

Sandy Feinman, haar beste vriendin, zat voor haar en vouwde haar geruit blad in vieren. Ze vouwde het in de lengte, zodat het blad in vier kolommen ingedeeld was. Sandy genoot van het vouwen. Ze hield van het gemakkelijkste werk en schoof het moeilijkste voor zich uit.

Millie en Sandy waren al vriendinnen sinds ze in de eerste klas van de lagere school gezeten haden. Ze waren de twee meest spichtige meisjes van de klas. Ze hadden allebei de rol van onkruid moeten spelen in het toneelstukje dat ze vorig jaar met de klas hadden opgevoerd. Al die snoezige meisjes waren bloemen geweest, zij onkruid. Maar wat wil je: er moest onkruid zijn ook! Millie en Sandy waren bovendien allebei voorbeschikt om een beugel te dragen. Tenminste, zo had de tandarts hun moeders verteld. In de oren van Millie klonk het als een eervolle onderscheiding: *Voorbeschikt om een beugel te dragen.* Maar dat kon nog een paar jaar wachten, had hij er aan toegevoegd.

Millie nam zelf ook een blad geruit papier, vouwde het in vieren en schreef erop: *Heb je wat te eten?*

Ze gaf het aan Sandy toen juffrouw Brennam net iemand de levieten las, die zonder toelating naar de papiermand gelopen was. Sandy las het briefje, krabbelde er een antwoord op en speelde het weer door. Millie las: *Nee, maar ik zal eens rondlopen om iets te vragen.*

Millie zag Sandy de punt van haar potlood op haar lessenaar afbreken. Ze stak de vinger op en wachtte tot juffrouw Brennam naar haar keek.

Millie wist wat Sandy van plan was. Ze zou doen alsof haar potlood geslepen moest worden. Zo had ze een excuus om door de klas te lopen. De potloodslijper stond bij het raam, achteraan. Milly en Sandy zaten allebei vooraan, aan de kant van de deur. Het was een ideaal uitstapje. Onderweg kon je makkelijk informeren of er iemand iets te eten had.

— Ja, juffrouw Feinman ? klonk de stem van juffrouw Brennam.

Millie had een hekel aan leerkrachten die de leerlingen bij hun familienaam noemden.

— Jufrrouw Brennam, zei Sandy, mag ik mijn potlood slijpen?

Sandy stak haar potlood in de lucht, zodat juffrouw Brennan duidelijk kon zien hoe erg het er aan toe was.

— Nee, het spijt me, juffrouw Feinman. Ik krijg je trucjes stilaan door!

Toen juffrouw Brennam even later haar rug draaide, stak Sandy haar tong uit. Millie giechelde en Sandy ook. Ze lachten allebei harder. Millie moest haar hoofd in haar lessenaar stoppen. Zo leek het of ze iets in haar bank zocht. Ze had zo'n lol dat ze vergat dat ze honger had.

Toen ze weer wat gekalmeerd waren, bestudeerde Millie opnieuw de Tafels van Vermenigvuldiging. Ze nam een nieuw blad ruitjespapier en vouwde het, in de lengte, in vieren.

Bovenop het blad schreef ze een stomme hoofding:

Millicent Cooper Lawson School
3 B, Cokaal 210 12 november 1946
Rekenen

Over de gehele eerste kolom schreef ze een rij zessen, een rij x-en, de getallen van 0 tot 12 en daarna de gelijkheidstekens, over de vier kolommen. Ze wachtte nog met de oplossing, het moeilijkste deel van het werk...

Millie zag dat Sandy ook een rij gelijkheidstekens aan 't zetten was. Sandy kende de antwoorden ook niet, ze waren in 't zelfde bedje ziek.

21

Toen de bel ging, stond Millie snel op, zodat ze als eerste de klas uit was. Gewoonlijk wachtte ze 's middags op Sandy. Ze liepen dan samen naar huis. Maar vandaag kon ze niet wachten van de honger. Zo gauw ze de klas uit was, begon Millie te rennen. Onderweg moest ze de hele tijd aan de *Wheaties* denken. Ze vroeg ze zich af of de *Wheaties* nog voor haar op tafel zou staan. Toen Millie nog maar één huizenblok van hun appartement verwijderd was, viel het haar op dat de straten leeg waren. Waar waren al de andere kinderen? Had ze hen allemaal voorbijgestoken? Ze wist niet dat ze zo'n goede hardloopster was. Ze moest heel de school achter zich gelaten hebben! Misschien was ze wel bijzonder omdat ze zo snel kon rennen. Ze kon dat in haar opstel schrijven. Die gedachte deed haar nog harder gaan.

Millie deed de voordeur van hun flatgebouw open. Ze keek in de brievenbus, in de hall. Er lagen geen enveloppen of pakjes in de brievenbus. Ze belde aan en rende daarna de trap op.

— Hallo, zei ze, toen haar moeder de deur open maakte.

— Hallo! antwoordde haar moeder. Wat doe jij hier?

Millie was verbaasd over die vraag. Ze kwam thuis voor het middageten, natuurlijk.

— Ik kom thuis voor het middageten, natuurlijk!

— Om kwart over tien?

— Kwart over tien? Je bedoelt... dat het nog geen tijd is om te eten?

Haar moeder schudde het hoofd.

— Je wil zeggen: dat het nu pas pauze is?

Haar moeder knikte.

— Hemeltje lief! riep Millie uit. Ze draaide zich om

en rende de trap af. *Wat stom!* dacht ze. *Ik kan helemaal niet hard rennen. Ik ben helemaal niet bijzonder, ik ben alleen maar stom.*

Ze rende nog harder terug naar school dan ze naar huis was gerend. Ze kreeg steken in de zij en ze was helemaal buiten adem, maar ze beet door.

Misschien kon ze nog ongemerkt meelopen met de laatste rij. Misschien had niemand er op gelet dat ze niet op de speelplaats geweest was. Alleen Sandy zou haar gemist hebben. Ze zou haar vriendin vertellen dat ze naar buiten was gelopen om wat snoep of een appel te halen. Hoe vèr.... hoefde ze daarbij niet aan haar neus te hangen.

Er waren veel kinderen op de speelplaats, maar ze zagen er stuk voor stuk ouder uit. Het was natuurlijk al de pauze voor de oudere kinderen. Ze was dus te laat. Ze zou juffrouw Brennam moeten opbiechten wat er gebeurd was. De hele klas zou het nu weten dat ze naar huis gelopen was onder de eerste pauze. Tenzij ze het juffrouw Brennam in 't oor zou fluisteren...

Millie liep de brede trap van het schoolgebouw op. Ze bleef staan voor lokaal 210, om wat op adem te komen. Daarop deed ze de deur open.

Juffrouw Brennam zat aan haar lessenaar. Ze keek op en zei:

— Je bent te laat, juffrouw Cooper!

— Het spijt me! verontschuldigde Millie zich, maar...

— Zwijg en ga zitten! gebood juffrouw Brennam.

Millie fluisterde:

— Jufrrouw Brennam, ik dacht...

— Ga zitten! herhaalde jufrrouw Brennam, terwijl ze naar Millies lessenaar wees.

Millie ging zitten. Wat kon ze anders doen? Ze deed

alsof ze haar veters vastmaakte, opdat er niemand zou kunnen zien dat haar ogen zich vulden met tranen. Nu deed ze het weer: huilen als een baby! Wat was er met haar aan de hand? En wat scheelde er met juffrouw Brennam? Ze wilde niet naar haar luisteren. Juffrouw Brennam zei altijd tot Howard Hall dat hij moest leren luisteren, maar zelf luisterde ze nooit! *Je bent te laat, juffrouw Cooper!* die woorden bleven de hele ochtend door haar hoofd spoken.

— Soms kan ik dat mens wel vermoorden, zei Millie tot Sandy toen ze naar huis liepen tijdens de echte middagpauze.

Millie had Sandy net in geuren en kleuren verteld wat er gebeurd was tijdens de pauze. Ze had het haar dan toch maar opgebiecht, ze was tenslotte haar beste viendin. Wat voor zin had het anders een vriendin te hebben als je haar de waarheid niet kon vertellen? En Sandy was een goede vriendin. Ze had haar niet eens uitgelachen.

— Er zijn momenten waarop ik een gloeiende hekel aan dat mens heb, zei Millie en er zijn ook momenten waarop ik medelijden met haar heb.

— Hoe kun je haar nu haten en het volgende ogenblik medelijden met haar hebben? vroeg Sandy zich af.

Ze liepen op de Dertiende Straat toe.

— Weet je wat ik doe als juffrouw Brennam me te veel op de zenuwen werkt? verklaarde Sandy. Dan denk ik aan haar pruik en aan die jongen met de stok om de bovenraampjes dicht te doen.

Millie kende dat verhaal. Een jongen had de pruik van juffrouw Brennam ooit eens omhoog getild met de stok

25

om de bovenramen dicht te doen. Hij had haar op die manier voor aap gezet, met haar kale knikker. Niemand wist wie die jongen geweest was of in welk jaar dat precies gebeurd was. Maar het verhaal werd elk jaar, in geuren en kleuren, doorverteld.

— Doe zoals ik, zei Sandy. Denk aan die jongen die haar pruik optilt, als ze moppert. Je zult zo'n binnenpretjes hebben, dat het je niet kan schelen wat ze zegt.

In normale omstandigheden zou Millie nooit lachen met iemand die kaal was of een pruik droeg. Maar met juffrouw Brennam lagen de kaarten anders. Millie vond het een goed idee. Ze verdiende niet beter.

— Ik zal het doen als ze nog eens boos op me is, antwoordde Millie. En ik zal me haar niet alleen kaal voorstellen, maar naakt ook!

Millie en Sandy barstten in schaterlachen uit. Daarop gaven ze elkaar een arm en liepen samen de Dertiende Straat in.

4

Al een beetje bijzonder

— Ik was fier op Millie, vanochtend! zei mevrouw Cooper tot meneer Cooper, toen ze die avond samen thee dronken.

Millie zat op de vloer van de woonkamer en knipte een advertentie van de *Reynolds Rocket* uit het dagblad. In die advertentie was de *rocket* afgebeeld in de zes prachtige kleuren waarin hij verkrijgbaar was. Millie had al haar keuze gemaakt: ze wilde parachutezilver, dezelfde kleur als de balpen van Marleen Kaufman.

Maar Millie zou ook al tevreden zijn met om het even welke kleur, kosmisch goud of stratosferisch blauw bijvoorbeeld.

— Ben je trots op me, omdat ik thuis kwam, tijdens de pauze? wilde Millie weten.

— Nee, ik ben trots omdat je zo goed oplette toen je naar de school terugrende! antwoordde haar moeder. Ik heb je door het raam gevolgd. Ik wist dat je gehaast was en daarom maakte ik me zorgen. Maar toen zag ik je stoppen op elke hoek van de straat en naar links en naar rechts kijken voor je overstak. Ik kon gerust zijn!

— Millie, zei meneer Cooper, ik ben ook trots op je.

Millie zag zich al in haar opstel schrijven: *Ik ben bijzonder omdat ik naar links en naar rechts kijk voor ik oversteek, zelfs als ik gehaast ben.* Nee, dat kon natuurlijk niet! Iedereeen zou haar uitlachen.

— Ben je trots genoeg op me om me een *rocket* te geven? vroeg ze.

— Nee, vond mevrouw Cooper, dat is geld in het water gooien!

— We moeten er nog eens ernstig over nadenken! zei haar vader.

Millie besloot haar ouders een handje te helpen. Eerst en vooral moesten ze weten dat de balpen in vijf verschillende kleuren te koop was. Hij kostte slechts drie dollar en achtennegentig cent, plus de taks. Ze liet daarom de advertentie op de keukentafel liggen, terwijl ze in de keuken waren.

Na een poosje volgde ze hen, met de advertentie, naar de woonkamer. Ze plaatste hem bij de radio, zodat ze hem goed konden zien, als ze van zender veranderden. En om verder elk misverstand uit te sluiten, hoste Millie rond, terwijl ze het Rocketlied zong:

Met een rocket in de cockpit
Met een rocket over de oceaan
Als er een rocket in je zak zit
Kun je de hele wereld aan!

Millie verlangde naar de dag waarop ze het lied zou kunnen zingen met een echte rocket in haar zak en ze de hele wereld aan zou kunnen.

— Vind je ook niet dat parachutezilver mooier is voor een pen dan jetblauw of radargroen? vroeg Millie haar vader, voor het slapen gaan.

— Ik vind parachutezilver zelfs mooier dan atoomrood! zei hij met een veelbetekenende glimlach.

Millie beantwoordde zijn glimlach. Hij had de advertentie gelezen en wist precies in welke kleuren de pen verkrijgbaar was!

Millie koos de kleren uit die ze de volgende dag zou aantrekken, legde ze op een stoel en ging onder de veren. De lakens hadden koud en ze rolde zich in een bolletje.

Mevrouw Cooper kwam haar enkele minuten later een extra deken brengen.

— Je kon dat wel eens nodig hebben, Millie, zei ze, terwijl ze de deken rond het bolletje drapeerde. Het zal koud worden, vannacht.

Het hoofd van Millie verscheen boven de dekens.

— Zal het gaan sneeuwen? vroeg ze hoopvol.

— Wie weet. Je weet nooit wat voor weer 't in Chicago wordt!

— Ik hoop dat we tenminste wat sneeuw krijgen op Thanksgiving Day! zei Millie.

Het was warm met dat deken extra. Met haar moeder op het bed voelde ze zich knus en geborgen.

— Mam? vroeg Millie. Wat wil dat zeggen als iemand vaak huilt?

— Misschien betekent zoiets dat die persoon ergens over ongelukkig is! zei haar moeder.

— Maar als die persoon wel gelukkig is, maar als ze huilt wanneer de onderwijzeres iets naars tot haar zegt?

— Dan zou het kunnen dat die persoon erg gevoelig is.

— Gevoelig?

— Ja. Dat ze bepaalde zaken beter aanvoelt dan anderen.

Gevoelig. Millie moest er even over nadenken.

— Mam, denk jij dat een persoon die gevoelig is, bijzonder is?

— Heel bijzonder!

Haar moeder boog zich over haar en kuste haar op het voorhoofd.

Gevoelig. Millie herhaalde het woord voortdurend in gedachten. De volgende ochtend zou ze het in haar notitieboekje schrijven om het niet te vergeten!

5

De herrieschopper

De volgende dag was ongetwijfeld de naarste dag uit Millies jonge leven. Juffrouw Brennam koos haar uit om klasmonitor te zijn. Dat was nooit interessant. Terwijl juffrouw Brennam de klas uit was, moest je de namen van de herrieschoppers op het bord schrijven. Als je het deed, was je een klikspaan. Als je het niet deed en de klas rumoerig werd, was je een slechte monitor en moest iedereen vijfhonderd maal schrijven: *Ik zal niet praten.*

Millie liep naar voren. Ze hoopte dat iedereen zich behoorlijk zou gedragen. Juffrouw Brennam had nog maar pas haar hielen gelicht, of een aantal herrieschoppers begon door de klas te rennen.

Millie schreef één na één hun namen op het bord. De één na de ander gingen ze zitten en werden ze weer kalm. Millie veegde daarop hun namen weer uit. Ze wilde hen nog een tweede kans geven.

O.C. Goodwin en Howard Hall stonden op hun lessenaar en bekogelden elkaar met schrijfgerief. Millie schreef hun namen op. Daarop ging Howard Hall zitten. Millie veegde zijn naam uit. O.C. Goodwin schreeuwde:

— He, wil je wel eens mijn naam uitvegen!

32

— Als je gaat zitten! replikeerde Millie.
— Als ik het wil! Veeg mijn naam uit!
De hele klas hield de adem in.
— Ga zitten en dan veeg ik hem uit! zei Millie.
Ze liet een vluchtweg voor hem open. Waarom aanvaardde hij de uitgestoken hand nu niet?
— Veeg mijn naam uit of ik zal het je na school betaald zettten! dreigde O.C.
O.C. was niet alleen een herrieschopper, hij was ook een kleine tiran. Er waren kinderen in de klas die hem het hele jaar door schrijfpapier leverden. Gratis. In de hoop dat hij hen met rust zou laten. Als O.C. dreigde het je betaald te zetten, dan zou hij dat niet vergeten.
Millie wilde zo lang mogelijk zijn naam op het bord laten staan. Alleen maar om hem duidelijk maken dat ze zich door hem niet liet bedreigen. Als ze juffrouw Brennam hoorde aankomen, zou ze dan snel zijn naam uitvegen.
Maar O.C. wilde niet zwijgen. Hij herhaalde voortdurend dat Millie zijn naam moest uitvegen.
Millie zag juffrouw Brennam niet aankomen. En toen ze de klas binnentrad was het te laat om zijn naam uit te vegen.
Juffrouw Brennam wierp een blik op het bord.
— O.C. Goodwin! las ze hardop.
Tot de herrieschopper zei ze:
— Jongeman. Jij zult vijfhonderd maal schrijven: *Ik zal niet praten.* Morgen moet je je straf indienen.
O.C. zette een pruillip en maakte een vuist naar Millie, toen juffrouw Brennam het niet zien kon.
— Ik hak je in mootjes! siste hij tot Millie.
Hij zei het net hard genoeg dat Millie het kon horen,

maar juffrouw Brennam niet.

Weer was Millie als eerste de klas uit. Weer rende ze zonder omkijken naar huis, tot ze de deur achter zich in het slot hoorde vallen.

6

Valt er met O.C. te praten?

Het was zondagavond. Millie maakte zich reeds klaar om naar school te gaan. Ze had net ontbeten: een bord Wheaties met schijfjes banaan.

Nu was ze in haar kamer. Ze koos de kleren uit die ze zou aantrekken om morgen naar school te gaan. Ze wilde ook in die kleren slapen, om tijd te winnen. Millie had lang gebroed op dat plannetje: op die manier zou ze wat langer kunnen slapen en toch nog op tijd naar school kunnen vertrekken.

Ze moest in elk geval vroeg genoeg opstaan om met de andere kinderen van het flatgebouw te kunnen meelopen. O.C. zou haar wel niet durven in mootjes hakken, waar zoveel kinderen bij waren.

Het plannetje van Millie zag er als volgt uit: 's ochtends zou ze niet langer haar tijd verbeuzelen met zich aan te kleden en te ontbijten. Dat kon ze evengoed de avond daarvoor doen. In de tijd die ze daarmee 's ochtends uitspaarde, kon ze wat langer blijven slapen.

Millie trok schoon ondergoed aan en bobysokjes. Ze nam een mooi gestreken jurk uit de kleerkast. Ze maakte haar vlechten los en borstelde haar haar. Daarna kamde

ze het mooi uit en maakte het vast met haarspeldjes. Haar moeder hoefde het zo niet meer te vlechten, de volgende ochtend.

Millie keek in de grote spiegel. Ze zag tot haar verrassing een meisje staan dat al helemaal klaar was om naar school te gaan. En het was pas zondagavond! Ze moest het Sandy vertellen! Misschien sprak het haar ook aan, want Sandy was ook nooit op tijd op!

Millie stapte heel voorzichtig in haar bed, zodat haar jurk niet kreukte. Voor ze insliep nam ze zich voor om niet te veel te wriemelen en om recht te liggen, in plaats van zich in een bolletje te draaien, zoals ze altijd deed.

Stil liggen! herhaalde ze voordurend in gedachten, *lig recht en lig stil!*

Het volgende wat ze zich herinnerde was een klop op de deur en de stem van haar vader, die riep:

— Het is acht uur, Millie. Tijd om op te staan!

— In orde! antwoordde Millie. Ze rolde zich weer in een bolletje en sliep weer in. En omdat het gestolen minuten waren, was die slaap overheerlijk.

De volgende klop op de deur bleef niet lang uit. Het was opnieuw haar vader.

— Millie, ben je al aangekleed?

Millie sprong uit haar bed.

— Ik ben al aangekleed! riep ze. Ze trok haar schoenen aan, waste zich en ging naar het toilet. Ze had er niet aan gedacht om daarvoor tijd te voorzien in haar plan.

Haar vader was al naar de meubelfabriek vertrokken toen ze de keuken binnenkwam. Haar moeder zat aan de keukentafel met een glas Ovaltine en vulde een

kruiswoordraadsel in, dat in de krant van zondag stond.
— Daâg! zei Millie. Ik moet er vandoor!
Mevrouw Cooper keek op van haar kruiswoordraadsel.
— En je ontbijt?
— Ik heb gisteren al ontbeten.
Mevrouw Cooper zette grote ogen op, toen ze Millie voor zich zag staan. Maar Millie zei fier:
— Ik heb me gisterenavond aangekleed, nadat ik ontbeten had. Zo kon ik wat langer blijven slapen. Ik hoef niets meer te doen vanochtend, ik kan meteen vertrekken.
Millie verwachtte dat haar moeder zou zeggen dat het een goed idee was. Maar mevrouw Cooper zei nors:
— Ga terug naar je kamer en trek andere kleren aan. Je kunt toch zo niet naar school gaan!
— Waarom niet? vroeg Millie zich af.
Ze bekeek zichzelf in de spiegel in de eetkamer. Toegegeven, er zaten een paar kreuken in de jurk, die er de vorige avond niet in geweest waren. Maar overigens viel het best mee.
— En kam je haar, terwijl je voor de spiegel staat!
— Maar ik zal te laat zijn!
Millie dacht met angst in het hart aan O.C. Goodwin.
— Als je opschiet kun je nog op tijd zijn!
Millie zocht in haar kleerkast. Ze koos een jurk uit die ze snel kon aantrekken, een jurk met pofmouwen. Als ze aan iets een hekel had, dan was het aan zoiets!
Ze trok de jurk aan, maakte haar haarspeldjes vast en vertrok. Op de straat waren er geen kinderen meer te zien, ze moest dus voortmaken...
Ze rende de straat door, waarbij ze zich bang afvroeg of O.C. haar niet in de één of andere deurportiek zou

staan opwachten, klaar om haar in mootjes te hakken.
Sandy stond haar op te wachten, op de hoek van de
Dertiende Straat en Millard Street.

— Je bent laat, Millie Cooper! riep Sandy van ver uit.
— Ik heb me overslapen! zei Millie, die haar geheim
niet wou verklappen. Heb je O.C. ergens gezien?
— Die is je al lang vergeten!
— Ik wil geen risico lopen! zei Millie, terwijl ze dicht
bij Sandy bleef.

De twee meisjes bereikten lokaal 210 net voor de bel
ging. O.C. zat al in zijn bank. Hij wierp Millie een kwade
blik toe. Hij was het nog niet vergeten!

Tijdens de rekenles, terwijl iedereen worstelde met de
Tafel van Zeven, nam Millie een belangrijk besluit. Ze
zou O. C. niet langer ontlopen. Na twee dagen vond ze
het welletjes. Ze wilde niet de rest van haar leven zo
gestraft zijn. Als hij haar een pak rammel wilde geven,
moest hij dat maar doen, zodat ze er van af was. Tenzij...
ze hem op andere gedachten zou kunnen brengen.

Toen iedereen 's middags in de rij ging staan, om naar
buiten te gaan, haastte Millie zich niet. Ze liep rustig
de trap af, samen met de andere kinderen. Beneden, bij
de deur, wachtte ze op O.C.

— Hallo, O.C.! zei ze.
— Wat wil je van me? siste hij.
— Heb je strips thuis? vroeg Millie.
— Ja. Waarom?
— Ik heb er ook. Erg leuke. Wil je met me ruilen?
— Ruilen? Dat hangt er van af...
— Luister. Als ik mijn strips meebracht vanmiddag
en jij bracht die van jou mee... en als we dan ruilden?
Millie hield de adem in.

40

— Best! zei O.C.
— Meen je dat?
— Ik zei: best, of niet soms? herhaalde hij.
— Natuurlijk, O.C. Tot vanmiddag, dan.
Die middag liep Millie rustig samen met Sandy naar huis. Ze hoefde niet meer te rennen. Een jongen die strips met haar wilde ruilden zou haar vast niet in mootjes hakken!

Millie nam een nummer van *Superman*, van *Wonder Woman*, van *Batman* en twee nummers van *Kapitein Marvell*. Het waren haar beste strips niet, maar ook haar slechtste niet. En om elke strip zat nog steeds een kaft!
Haar vader bracht die strips mee van de kapper. Ze kochten nooit strips. Ze kostten tien cent 't stuk en het was weggegooid geld, vond haar moeder. Als ze uitgelezen waren, ruilde Millie ze met andere kinderen.
Ze had haar strips onder de arm en stond klaar om te vertrekken.
— Wil je die strips meenemen? vroeg mevrouw Cooper.
Ze was er niet van overtuigd dat de school de aangewezen plaats voor strips was.
— Ik ga ze ruilen met O.C. Goodwin.
Millie vertelde haar moeder dat O.C. haar wilde in mootjes hakken, omdat ze zijn naam op het bord had geschreven, maar dat ze had hem zo ver gekregen dat hij strips met haar wilde ruilen.
— Weet je wat je gedaan hebt? vroeg mevrouw Cooper. Je hebt psychologie gebruikt. Je weet hoe je met mensen moet omgaan.
Dat eerste woord begreep Millie niet, maar wel dat ze

41

met mensen kon omgaan.

— Meen je dat? vroeg Millie.

— Hij wil je toch niet meer in mootjes hakken?

— Het is waar! moest Millie toegeven. Ik weet hoe ik met mensen moet omgaan. Ik heb... eh... wat gebruikt?

— Psychologie, herhaalde haar moeder.

Millie wist hoe ze psychologie moest gebruiken. Dat was nog iets dat haar bijzonder maakte. Ze schreef het woord op, zodat ze het niet meer zou vergeten.

En haar moeder keek vreemd op toen Millie psychologie juist kon spellen!

7

Een verrassing

Het was gemeen! In ruil voor vijf prachtige strips, van uitstekende kwaliteit, kreeg Millie vijf afleveringen van *de Menselijke Toorts*. En geen enkele strip van O.C. had nog zijn kaft. In normale omstandigheden was Millie nooit op zo'n aanbod ingegaan. Een stripverhaal zonder kaft was er minstens twee mèt een kaft waard. En bovendien hield ze niet van *de Menselijke Toorts*. Hij was niet eens menselijk. Maar het belangrijkste was dat ze O.C. zo met zich verzoende!

O.C. was in zijn nopjesl. Hij glimlachte zelfs even naar haar. De rest van de middag las hij enkel nog haar strips, die hij in zijn aardrijkskundeboek verstopt had. Juffrouw Brennam had het wel door, maar ze kneep een oogje dicht. Zolang hij strips las, schopte O.C. geen keet.

Millie en Sandy konden die avond voor het eerst weer heel ontspannen naar huis lopen.

— Is je opstel al af? vroeg Millie. Weet je al waarom je bijzonder bent?

— Nog niet! zuchtte Sandy. Maar ik weet al wat ik zal schrijven: je kunt op mij rekenen en ik heb zin voor verantwoordelijkheid. Ik zorg ervoor dat het eten opgewarmd is, wanneer mijn vader en moeder thuis komen van hun werk. Ik *zie* ook als er iets gedaan moet worden, in het huishouden. Tenminste, dat zegt mam toch. En jij? Waarom ben jij bijzonder?

— Ik weet het nog niet precies! antwoordde Millie.

Ze liepen het snoepwinkeltje in. Na veel wikken en wegen kochten ze allebei een paar rode wassen lippen. Millie stopte nog twee centen in de pimpernotenautomaat voor de deur. Ze kreeg een handvol rode noten en deelde ze met Sandy.

Ze liepen samen verder, terwijl ze op de gezouten nootjes zogen. Ze braken de schalen open met hun nagels. Daarbij scheurden hun nagels en zaten hun vingers onder de rode kleurstof. Het was net als in de goede oude tijd, toen Millie zich nog geen zorgen hoefde te maken over O.C.

Millie liep langs de achterkant de flat binnen. Het rook in de flat naar kruidnagels en nootmuskaat. Haar moeder bakte worteltaart. De worteltaart van mevrouw Cooper was uniek. Iedereen vroeg haar het recept.

Millie was niet zo verlekkerd op worteltaart. Ze hield meer van de chocoladetaart die haar moeder bakte. Maar de worteltaart van haar moeder was ook best te pruimen.

— Kan ik een handje toesteken? vroeg Millie haar moeder, terwijl ze haar boeken op de tafel gooide en haar jas uittrok.

— Je kunt wortels raspen, zei mevrouw Cooper. Ik ben vandaag aan 't experimenteren, ik wil kijken hoe de taart smaakt met meer rozijnen en minder suiker.

Millie waste haar handen en pakte twee wortels, één om op te eten en één om te raspen.

Millie hield van worteltjes. Ze waren goed voor de ogen. Misschien zou ze, als ze er genoeg van at, in het donker kunnen zien.

Ze beet in de ene wortel en begon de andere te raspen. Ze wreef de wortel over de rasp en bestudeerde hoe hij er aan de andere kant door kwam, in fijne krulletjes.

— Dat doe ik graag! zei Millie.

— Je mag er zoveel raspen als je wil! zei mevrouw Cooper. Zorg alleen dat je je vingers niet meeraspt!

Met een flink stuk wortel in de mond raspte Millie verder. Plots riep ze uit:

— Aai! Ik heb mijn kneukels geraspt!

Ze had een dun velletje van haar kneukels geschaafd. Het bloedde lichtjes. Ze liet het haar moeder zien.

— Spoel het gewoon wat af! zei mevrouw Cooper. Het zal wel genezen. Ik zal verder raspen.

— Wat gebeurt er als er een beetje van mijn huid en mijn bloed in de wortels terechtkomt? vroeg Millie.

— Dan smaakt de taart dubbel zo lekker! schertste haar moeder.

Millie waste haar bezeerde kneukel af en bette hem voorzichtig met een handdoek. Daarna nam ze de wassen lippen uit haar zak, stopte ze in de mond en ging op de vensterbank zitten. O.C. was niet langer kwaad op haar. En ze kende al twee manieren waarop ze bijzonder was.

— Schiet het op, met je opstel?

Het leek wel alsof haar moeder haar gedachten raadde. Millie nam de wassen lippen uit haar mond.

— Ik heb al een paar ideeën! antwoordde Millie. Maar ik heb eigenlijk een *rocket* nodig om het goed te kunnen opschrijven.

Millie verwachtte kritiek van haar moeder te horen, maar die bleef uit. Het meisje stopte de wassen lippen weer in haar mond en keek door het raam.

Haar vader kwam die avond op tijd thuis. Millie was blij dat hij niet in het verkeer had vast gezeten. Hij zag er ook blij en ontspannen uit. Hij stopte Millie de krant toe en snoepte van een paar schijfjes noot die boven op de worteltaart lagen. Millie las intussen het weerbericht.

— Jakkes, weer geen sneeuw!

— Er zijn zaken in het leven die belangrijker zijn dan sneeuw! zei meneer Cooper geheimzinnig.

Hij nam een papieren zakje uit zijn jaszak en gaf het haar. Millie voelde meteen wat er in zat. Natuurlijk! Het was een *rocket!*

Ze maakte het zakje open. Er zat een *Reynolds Rocket* in! In parachutezilver dan nog wel!

— O paps, dank je wel! schreeuwde Millie, terwijl ze op en neer sprong. Dank je. Dank je wel!

Ze sloeg de armen om hem heen en toonde haar moeder de balpen.

— Kijk, mam! Is het niet geweldig? Ik kan maar niet geloven dat ik er toch één gekregen heb. En net op tijd voor mijn opstel.

Millie sprong van vreugde op en neer.

Mevrouw Cooper keek glimlachend naar de balpen.

— Ik wist wel dat je haar zou toegeven, zei ze tot meneer Cooper. Maar het is een mooie balpen. Ik hoop maar dat hij schrijft.

— Natuurlijk schrijft hij! riep Millie en ze schreef haar naam op de papieren zak, wel twintig keer. De pen lekte niet en hij vlekte evenmin.

Ze liet eerst haar moeder de balpen gebruiken en daarna haar vader. Meneer Cooper tekende prachtige bloemen op de voorpagina van de *Chicago Daily News*. Millie was in haar nopjes. De rest van de avond zong ze het rocketlied. Ze kon niet genoeg krijgen van haar nieuwe balpen!

De volgende ochtend brandde ze van verlangen om met haar nieuwe balpen in de klas te schrijven. Het eerste vak was rekenen. In de rekenles mocht je helaas alleen in potlood schrijven. Daarop volgde de spellingsles. Gisteren hadden ze in het woordenboek definities opgezocht van de nieuwe woorden die ze moesten leren spellen. Vandaag zouden ze die woorden in een zin gebruiken. Millie schreef, opgetogen, met haar *rocket:*

Millicent Cooper Lawson School
3B, Lokaal 210   13 November 1946
Spellingsproef

De balpen lag goed in haar hand. Hij was licht als een veertje. Wat een prachtige uitvinding!

Millie was klaar om de eerste zin te schrijven. Ze schreef het nummer één gevolgd door een punt. Het was net een inktvlekje.

Millie keek ongelovig. Ze wist niet of het een een vlek of een lek was. Ze troostte zich met de gedachte dat haar balpen nieuw was en boordevol inkt moest zitten. Hij maakte nog enkele vlekjes. Maar globaal genomen schreef de balpen goed en was Millie er tevreden over.

Marleen Kaufman staarde Millie aan. Marleen was onlangs weer overgeschakeld op een vulpen. Millie vroeg zich af waarom ze haar *rocket* niet meer gebruikte.

— Ik zag dat je een *Reynolds Rocket* hebt, zei Marleen Kaufman in de pauze tot Millie op de speelplaats.

Millie zat op een schommel die stil hing. Van schommelen werd ze misselijk. Sandy schommelde naast haar.

— Mijn vader heeft me die gisteren gegeven, antwoordde Millie.

— Ik heb die van mij weggegooid! zei Marleen. Het is rommel.

— Wat? vroeg Millie verwonderd.

— Die *rockets*. Ze zijn niets waard. Ze schrijven niet goed.

— Dat is niet waar! zei Millie. Die van mij schrijft heel goed!

Ze repte niet over de paar vlekken die hij gemaakt had.

— Nu schrijft hij misschien nog, maar het zal niet lang meer duren. Wacht maar!

— Dat is niet waar! herhaalde Millie. Zo'n balpen gaat vijftien jaar mee.

— Vijftien jaar, mijn voeten! zei Marleen en ze ging er van door.

Sandy liet haar voet over de kiezelsteentjes glijden om de schommel af te remmen.

— Ik heb alles gehoord! zei ze. Omdat *haar* pen niet deugt, hoeft *die van jou* daarom nog niet slecht te zijn!

— Dat is juist! vond Millie. Marleen Kaufman weet vast niet eens hoe ze zo'n pen moet gebruiken.

Millie was niet van plan haar goede luim door Marleen Kaufman te laten bederven.

— Wil je me schommelen? vroeg Sandy.

Millie gaf Sandy een paar stootjes in de rug. Van zodra de schommel vaart gekregen had, zong Millie:

Met een rocket in de cockpit
Met een rocket over de oceaan

Terwijl de schommel hoger en hoger zwierde, viel Sandy in. Samen zongen ze verder:

Als er een rocket in je zak zit
Kun je de hele wereld aan!

8

Naar de bodem van 't meer

De volgende dag lekte de pen niet en vlekte ze ook niet. Geen enkele keer. Ze haperde alleen af en toe. Millie moest vragen oplossen in haar geschiedenisboek over Francis Drake. Maar de pen sloeg bepaalde letters of woorden over. Als ze *Francis Drake* wilde schrijven, kwam er *Francis rake op haar blad*. Millie moest voortdurend alle woorden overlezen en de ontbrekende letters invullen. Het kostte veel tijd.

Ze schudde haar pen en probeerde het eerst eens op een stukje kladpapier. Maar nog bleef de pen haperen.

Marleen Kaufman zond Millie een nota. Er stond op: *Verwarm je balpen. Rol de balpen tussen je vingers.*

Millie blies op de punt en probeerde ermee te schrijven. Het lukte! Ze keek Marleen dankbaar aan. Marleen wist kennelijk hoe je met een *rocket* moest omgaan.

Millie loste de resterende vragen over Francis Drake op. En telkens de pen niet meer schreef, rolde ze hem tussen haar handen en deed hij het weer.

De dag daarop, op donderdag, zei juffrouw Brennam:
— Vanaf vandaag mag je alleen nog maar met een

vulpen schrijven. Taken die met een balpen geschreven zijn, zal ik niet meer aanvaarden. Ik wil mijn ogen niet kapot maken!

Maar juffrouw Brennam hoefde zich — althans wat Millie betrof — geen zorgen te maken. Millie zou geen taken meer indienen die met een balpen waren geschreven. Haar *rocket* had definitief de geest gegeven.

Na een hele dag van stotteren, waarbij slechts de helft van de letters op het papier verschenen, hield de balpen definitief op met schrijven.

Millie had al gedaan wat ze kon. Ze had de balpen verwarmd in haar jaszak, ze had hem tussen de handen gerold en op de punt geblazen. Ze had hem 's avonds zelfs in een handdoek gewikkeld, die ze op de radiator gelegd had. Het was boter aan de galg geweest.

Wat was er met de balpen aan de hand? Ging hij niet gegarandeerd vijftien jaar mee? Ze had nog veertien jaar en driehonderd drieënzestig dagen te goed. Het was niet eerlijk. Haar opstel *Waarom ik bijzonder ben* zou nu helemaal niet bijzonder zijn.

Waarom had ze niet naar haar moeder geluisterd? De balpen was weggegooid geld, een duur stuk speelgoed. Haar vader had 3,98 dollar, plus taks, verspild, alleen maar om haar haar zin te geven. Millie kon de rocket niet meer zien. Ze liet hem de hele dag in haar lessenaar zitten. Alleen 's avonds nam ze hem mee naar huis.

Millie had net afscheid genomen van Sandy op de hoek van Millard Street. Ze vroeg zich af wat ze met de balpen zou aanvangen. Ze wilde hem niet langer houden. Hij hinderde haar. Ze wilde er van af.

Ze liet hem uit haar jaszak hangen, zodat hij er per

ongeluk zou uitvallen. Maar de balpen viel terug in haar zak. Ze liep naar hun flatgebouw. Ze wilde de balpen in een afvalbak te gooien. Maar nee: haar *rocket* verdiende beter!

Millie was blij dat haar vader en moeder haar niet naar de pen vroegen, die avond. Ze was blij toen het bedtijd was. In haar slaap zou ze al de narigheid van de dag vergeten. Ze trok haar pyama aan en koos haar kleren uit voor de volgende dag. Ze legde ze op de radiator, zodat ze de volgende ochtend warm en gezellig zouden zijn.

Millie liep naar de badkamer om zich te wassen. Toen kreeg ze een idee. Ze liep terug naar haar kamer, om de balpen te halen.

In de badkamer ging ze voor de wasbak staan en liet de balpen in de afvoerpijp vallen. Hij roetste helemaal naar beneden, naar het middelpunt van de aarde. Of tenminste toch: tot op de bodem van het Michigan Meer.

— Daâg, beste *rocket!* riep ze hem nog na.

9

Gered?

Zodra de balpen uit haar vingers gleed, had Millie er spijt van. Ze wilde niet dat de balpen op de bodem van het Michigan Meer lag. Ze hield van haar *rocket*. Ze wilde hem houden, zelfs als hij niet schreef. Misschien was hij op een dag toch weer beginnen schrijven. Ze had hem nog een kans moeten geven! Maar dat kon nu niet meer! Haar balpen was en bleef weg.

Ze keek in de afvoerpijp. Waarom deed ze alles altijd zo overhaast? Waarom dacht ze niet beter na? Eerst had ze hemel en aarde bewogen om een balpen te hebben. En nu ze er één had, kon ze hem niet vlug genoeg in de afvoerpijp gooien!

Haar moeder zei dat ze er niet van hield om haar geld door deuren en vensters te gooien. En dat was precies wat Millie gedaan had!

Zonder haar rocket voelde Millie zich wat leeg, toen ze die vrijdag weer naar school ging.

's Middags haalde juffrouw Brennam gekleurd bristolpapier uit. Ze toonde patronen waarmee je kalkoenen, Indianen en ouderwetse hoeden kon tekenen.

— Kinderen, wat zouden jullie ervan denken indien

we onze klas zouden versieren voor Thanksgiving Day? Iedereen kraaide van de pret. Millie was opgelucht. Met behulp van een patroon was tekenen kinderspel! Millie blonk niet uit in tekenen. Ze bracht het niet veel verder dan huizen en bomen tekenen. Achteraan, boven het bord, hingen hun tekeningen van oktober. Haar tekening was er ook bij. Haar tekening van september had als twee druppels water geleken op die van oktober: het was een huis met een boom ernaast. Alleen stond de boom de ene keer links van het huis en de andere maand rechts. Gelukkig had juffrouw Brennam vergeten om een tekening voor november op te geven!

— Ik geef het bristolpapier door! zei juffrouw Brennam. Maar er zijn geen patronen genoeg. Je zult misschien wat moeten wachten voor jij er één krijgt. Lijm en scharen vind je achteraan, op de tafel.

Marleen Kaufman vroeg juffrouw Brennam:

— Mogen we zelf ook een ontwerp maken?

Het mocht. Marleen Kaufman kon goed tekenen.

Het duurde lang voor de patronen rondgegeven waren. Millie nam een potlood en tekende de omtrek van haar hand op het papier. Dat was ook een kalkoen: haar vingers vormden de veren, haar duim de kop en de hals. Ze zette er poten aan.

Sandy tekende ook rond haar hand. Zij maakte een hoofd met Indiaanse verentooi. Toen kregen ze allebei een patroon om mee te tekenen.

Millie tekende een ouderwetse hoed en Sandy een kalkoen.

Daarop hoorden ze Howard Hall roepen:

— Juffrouw Brennam! O.C. heeft een kalkoen én een hoed en hij wil die met niemand delen.

O. C. wierp Howard Hall een boze blik toe en gooide hem het patroon van de kalkoen toe.

Juffrouw Brennam nam intussen achter in de klas de tekeningen van oktober weg. Daarop kondigde ze aan:

— De tekeningen van december moeten volgende woensdag, de dag voor Thanksgiving Day, worden ingediend. Als we terugkomen na de vakantie, zullen er nieuwe tekeningen hangen. Dan ziet ons lokaal er niet zo kaal en naakt uit!

Iederen lachte bij de gedachte aan een kaal en naakt lokaal. Iedereen, behalve Millie. Nu had ze weer met een ander levensgroot probleem af te rekenen: de tekening voor december!

— Je kunt toch een huis met een boom in de sneeuw tekenen en een sneeuwpop! troostte Sandy haar, toen ze naar huis liepen.

— Dat is kinderachtig! vond Millie.

Ze stopten voor het snoepwinkeltje en kochten een paar wassen tanden. Sandy sloeg daarop haar straat in. Millie stopte de wassen tanden in haar mond.

Ze liep langs de achterkant de flat binnen. Ze rook het eten al: soep, kip en nog meer lekkers. Haar moeder kookte op vrijdag altijd heel uitgebreid.

Millie was verwonderd toen ze zag dat haar moeder haar *Reynolds Rocket* in de hand hield. Hoe had haar moeder de balpen van de bodem van het Michigan Meer opgevist? Het was een mirakel! Millie liet de wassen tanden bijna uit haar mond vallen van verbazing.

— Wil jij eens opbiechten hoe die balpen in die afvoerpijp is terechtgekomen? vroeg mevrouw Cooper nors. De wasbak was erdoor verstopt!

Millie nam haar wassen tanden uit.

— Eh... misschien is de balpen er in gevallen toen ik wou kijken of hij onder water schreef.

— Zorg er in het vervolg wat beter voor! gebood mevrouw Cooper, terwijl ze Millie de *rocket* terug gaf. Millie glipte weg naar de badkamer. Ze wilde weten hoe haar moeder er achter gekomen was dat ze haar *rocket* in de wasbak gegooid had. Ze keek onder de wasbak, naar de afvoerpijp. Natuurlijk! De pijp was krom: hij liep niet recht naar beneden. Waarom had ze daar nooit eerder op gelet?

Millie liep naar haar slaapkamer en probeerde met de balpen te schrijven. Misschien had het nachtelijk verblijf in de afvoerpijp hem wel goed gedaan. Maar hij weigerde nog steeds dienst.

's Zondags probeerde Millie de *rocket* opnieuw aan de praat te krijgen. Ze liet zelfs warm water over de punt stromen. Maar het was boter aan de galg!

Ze werkte ook aan haar tekening voor december. Ze wilde poolberen tekenen, zoals ze die gezien had in de Zoo van Brookfield. Toen dat niet lukte, probeerde ze schaatsers te tekenen op het bevroren meer van Garfield Park. Toen ook dat niets werd, tekende ze kinderen op een slee in Douglas Boulevard. Dat lukte evenmin.

Op maandag scheef haar balpen nog niet. Haar tekenpapier was intussen vuil en slordig geworden van het vele uitvlakken. Ze moest een nieuw blad nemen. Op woensdag moest de tekening ingediend worden!

Op maandagmiddag leerden ze allerlei liedjes voor Thanksgiving Day. Millie zat op haar balpen (om hem

te verwarmen), terwijl juffrouw Brennam zong en zichzelf begeleidde aan de piano. Ze zong het lied van de arreslee. Het ging over een paard dat de arreslee trok en over de jachtsneeuw, die alles onderstoof. Daarna moesten ze met de klas het lied leren zingen.

Millie keek uit het raam. Er was geen enkel sneeuwvlokje te bekennen.

Daarna leerden ze nog een lied over een pompoentaart en over klokkende kalkoenen. Juffrouw Brennam ging recht staan en zong het voor, zoals een operazangeres, met trillende stem. O.C. Goodwin en Howard Hall hikten van het lachen. Ook Sandy en Millie hadden moeite om hun gegiechel te onderdrukken. Stel je voor: een operazangeres die over kalkoenen zingt!

Na het avondeten werkte Millie verder aan haar tekening. Ze zat in de woonkamer en luisterde naar de radio. Ze tekende de hele avond, maar alles moest ze na verloop van tijd weer uitvlakken. Het wilde maar niet lukken: er verscheen niets op haar blad dat ze durfde indienen.

— Zou je niet beter naar bed gaan? vroeg mevrouw Cooper. Morgen komt er weer een dag.

Het was een troostende gedachte.

10

Vele tinten blauw

Millie had de ogen van haar vader. Blauwe ogen. Ze vond het fijn. Maar waarom had ze zijn tekentalent nu niet! Dat zou nuttiger geweest zijn!
Ze was al aan haar vierde vel tekenpapier toe. Op dinsdagavond gaf ze er de brui aan: het werd niets met haar tekeningen.
— Paps, vroeg ze, kun jij iets voor me tekenen? Het wil maar niet lukken!
— Als *ik* iets teken heb *jij* er geen voldoening van!
— Ik wil een tekening waar ik geen standje voor krijg, dat is beter dan voldoening!
— Vind je het eerlijk om punten te krijgen voor iets wat ik gedaan heb? vroeg hij haar.
— Ik zal de tekening zelf schilderen! Je moet me alleen wat met het tekenen helpen. Alsjeblieft, paps. Anders krijg ik weer een dikke nul!
Haar vader, die bij de radio zat, dacht even na, keek op zijn horloge en zei dan:
— Goed. Voor één keer dan.
Hij stond op.
— Het moet een winterlandschap zijn, legde Millie

61

uit. Teken het niet *al* te goed.

Hij ging bij Millie aan de tafel zitten en begon te tekenen. Millie bewonderde de korte, vinnige trekjes die hij op het papier maakte. Moeiteloos, met het potlood dat als lood geweest was in haar handen, schetste hij een schaatsend jongetje op een bevroren vijver.

Hij was in één twee drie met de tekening klaar. Daarna was het Millies beurt om de tekening te schilderen. Ze gaf de schaatser blond haar, dezelfde kleur als het haar van Ronald Van Buskirk. Alle jongens in de klas waren donkerharig, maar Ronald Van Buskirk, achter haar, was blond.

De jongen op de tekening droeg rode oorlappen, die harmoniëerden met zijn rood jasje. Millie wilde hem onder een diepblauwe lucht laten schaatsen.

De lucht schilderde ze het laatst. Ze mengde donkerblauw met wit tot ze de juiste kleur had: prachtig diepblauw.

Toen de verf op was, probeerde ze opnieuw de juiste tint te krijgen. Het blauw was nu te donker. Daarop deed ze er wit bij. Nu was het te licht. Millie mengde en schilderde, maar slaagde er nooit in tweemaal hetzelfde blauw te bekomen.

Ze hield haar tekening op. Het blauw van de hemel was verschillend getint, maar Millie vond het prachtig. Het kon haar niet schelen of het mooi aansloot of niet. Maar wat zou juffrouw Brennam er van denken? Juffrouw Brennam hield van orde en netheid. Ze zou de hemel wel erg slordig vinden! Misschien zou ze weigeren de tekening op te hangen, achteraan in de klas.

De volgende ochtend nam Millie haar *rocket* van onder

haar hoofdkussen en stopte hem in haar jaszak. Ze controleerde of de verf op de tekening goed droog was. Daarna schreef ze haar naam onderaan op het blad, in potlood. Ze schreef ook de datum: *27 november 1946*. Ze rolde het blad tekenpapier voorzichtig op en nam het mee. Als juffrouw Brennam iets heel naars over de tekening zou zeggen, nam ze zich voor om niet te huilen. Ze zou denken aan de jongen die de pruik van juffrouw Brennam ophief met zijn stok. Wat zou ze een pret hebben!

Die middag hing juffrouw Brennam de tekeningen die ze voor december moesten maken, achteraan in de klas op. De tekening van Millie hing precies in het midden.

Om kwart voor drie vroeg juffrouw Brennam iedereen eens om naar de schilderijen te kijken. Ze draaiden zich om in hun bank.

Juffrouw Brennam overliep de tekeningen één na één en gaf er commentaar op. Ze hield van de kleuren die Marleen Kaufman gebruikt had. De figuren die Sandy Feinman getekend had, vond ze dan weer te klein. Millie hield de adem in, toen Miss Brennam bij haar tekening kwam. Het leek wel of juffrouw Brennam haar tekening grondig bestudeerde.

Juffrouw Brennam las luidop haar naam, onderaan de tekening. Millie hield niet van de toon in haar stem. Ze zag in gedachten al de jongen met zijn stok om de bovenraampjes te openen. De jongen had hetzelfde haar als Ronald Van Buskirk.

Juffrouw Brennam zei:

— Weet je wat me in dit schilderij bevalt, Millicent?

— Hé? zei Millie. Hoorde ze goed?

— Ik hou van de lucht! verklaarde juffrouw Brennam.
Ineens verdween de jongen met zijn stok voor de
bovenraampjes.
— De lucht ziet er zo natuurlijk en zo echt uit!
verklaarde juffrouw Brennam nog.
En daarop richtte ze zich tot de hele klas.
— Weet je, kinderen, de hemel, de echte hemel,
bestaat niet alleen maar uit één toon blauw. Hij is
samengesteld uit vele tinten blauw!
Millie kon haar oren niet geloven. Juffrouw Brennam
hield niet van de schaatser, die haar vader getekend had,
ze hield van de hemel. De hemel die Millie zelf
geschilderd had.
— Je hebt talent, Millicent! zei juffrouw Brennam.
— Hé, zei Millie zachtjes. Talent? Ik? Millie Cooper?
Talent. Hij was een heerlijk woord. Millie liet het
balanceren op haar tong terwijl ze haar boeken in haar
boekentas stopte. Ze herhaalde het in stilte terwijl ze in
de rij wachtte tot de bel van drie uur ging. *Ta-lent*.
De bel ging en de leerlingen stroomden door de open
deur naar buiten. Juffrouw Brennam schreeuwde nog:
— Vergeet jullie opstel niet, kinderen! *Waarom ik
bijzonder ben!* In te dienen na de vakantie van
Thanksgiving Day.
Millie zou het niet vergeten. Er was zoveel waar ze
moest over schrijven. De *rocket* zat veilig opgeborgen
in haar jaszak. Misschien zou de balpen het op een dag
weer doen. Of misschien ook nooit meer. Wat maakte
het ook uit! Zij, Millie Cooper, was ook *zonder* balpen
bijzonder. Ze was gevoelig, ze wist hoe ze met mensen
moest omgaan en nu had ze nog talent om te schilderen
ook!

64

Ze was ook een heel goede hardloopster geworden, met de nare ervaringen van de afgelopen maand. En ze was een natuurtalent in spelling. Ze was op heel wat vlakken bijzonder. Ze had geen balpen nodig om dat op te schrijven.

De leerlingen stroomden de schoolpoort uit, de straat op, vervuld van een alomvattend gevoel van vrijheid, met een vierdaagse vakantie voor de boeg.

O.C. Goodwin riep haar na:

— Tot volgende week, Millie!

Het was koud en bewolkt, precies zoals het op een novemberdag hoorde te zijn.

Millie huppelde samen met Sandy over het voetpad, terwijl ze het lied van de arreslee zongen. Ze zongen over het paard dat de arreslee trok en over de jachtsneeuw die alles onderstoof.

Millie stak haar hand uit.

Sneeuw? Sneeuwde het? Warempel!

— Het sneeuwt! riep Millie uit.

Millie en Sandy omhelsden elkaar. Ze huppelden op en neer. Daarna tolden ze rond en probeerden ze de sneeuwvlokken te vangen, die reeds dikker en talrijker neervielen.

— Weet je, zei Sandy, dat er geen twee sneeuwvlokken precies gelijk zijn? Als je een miljoen sneeuwvlokken naast elkaar zou leggen, zou je zien dat ze stuk voor stuk verschillend zijn.

— Als je een biljoen sneeuwvlokken naast elkaar zou leggen, zou je zien dat ze stuk voor stuk verschillend zijn! vulde Millie aan. Ze draaide zich rond, met haar gezicht naar de hemel en ze ving sneeuwvlokken op in haar mond, met haar neus en op haar wimpers.

— Als je een triljoen sneeuwvlokken naast elkaar zou leggen... zei Sandy, terwijl de twee meisjes zich nog eens ronddraaiden, voor Sandy haar straat insloeg.

— Als je er een miljard naast elkaar zou leggen... riep Millie haar na.

Sandy draaide zich om en Millie wuifde haar na.

— Tot ziens, Sandy Feinman!

Sandy glimlachte.

— Tot ziens, Millie Cooper! Prettige vakantie!

Inhoud